Cinco razones por las que
te encantará Mirabella:

¡Es mágica y traviesa!

¡Tiene una dragoncita bebé
llamada Violeta!

¡Le fascina hacer pociones
con su kit de viaje!

¡Le encanta
esparcir travesuras
por donde va!

¡Es mitad bruja, mitad hada,
y un torbellino de magia!

¿Qué te gustaría encontrar en una casa encantada?

¡Una discoteca fantasma!
(Olivia)

¡Un espejo mágico en el que yo fuera una superheroína que disparara helado con las manos!
(Amelia)

Un esqueleto que me dejara tocar el xilófono con sus costillas.
(Avni)

Un monstruo simpático bajo la cama que me contara historias para ayudarme a dormir.
(Georgie)

Una bruja con la que hacer panqués y pasteles… ¡y les echaríamos un hechizo para que nunca se acabaran!
(Isla)

Un gato espeluznante con el que jugar a las escondidas.
(Valentina)

Mi familia

Mi madre,
Serafina Starspell

Mi hermano,
Wilbur Starspell

Mi padre,
Alvin Starspell

¡Yo!
Mirabella Starspell

Violeta

El papel utilizado para la impresión de este libro ha sido fabricado a partir de madera procedente de bosques y plantaciones gestionadas con los más altos estándares ambientales, garantizando una explotación de los recursos sostenible con el medio ambiente y beneficiosa para las personas.

Ilustrado por Mike Love, basándose en las ilustraciones originales de Harriet Muncaster

Mirabella y la casa encantada

Título original: *Mirabelle and the Haunted House*

Primera edición en España: mayo, 2024
Primera edición en México: marzo, 2025

D. R. © 2023, Harriet Muncaster
Publicado originalmente en inglés en 2023.
Edición en castellano publicada por acuerdo con Oxford University Press.

D. R. © 2024, Penguin Random House Grupo Editorial, S. A. U.
Travessera de Gràcia, 47-49, 08021, Barcelona

D. R. © 2025, derechos de edición mundiales en lengua castellana:
Penguin Random House Grupo Editorial, S. A. de C. V.
Blvd. Miguel de Cervantes Saavedra núm. 301, 1er piso,
colonia Granada, alcaldía Miguel Hidalgo, C. P. 11520,
Ciudad de México

penguinlibros.com

D. R. © 2024, Vanesa Pérez-Sauquillo, por la traducción

Penguin Random House Grupo Editorial apoya la protección del *copyright*.
El *copyright* estimula la creatividad, defiende la diversidad en el ámbito de las ideas y el conocimiento, promueve la libre expresión y favorece una cultura viva. Gracias por comprar una edición autorizada de este libro y por respetar las leyes del Derecho de Autor y *copyright*. Al hacerlo está respaldando a los autores y permitiendo que PRHGE continúe publicando libros para todos los lectores.

Queda prohibido bajo las sanciones establecidas por las leyes escanear, reproducir total o parcialmente esta obra por cualquier medio o procedimiento así como la distribución de ejemplares mediante alquiler o préstamo público sin previa autorización.
Si necesita fotocopiar o escanear algún fragmento de esta obra diríjase a CemPro (Centro Mexicano de Protección y Fomento de los Derechos de Autor, https://cempro.org.mx).

ISBN: 978-607-385-537-2

Impreso en México – *Printed in Mexico*

Del universo de ISADORA MOON

MIRABELLA
y la casa encantada

Harriet Muncaster
Traducción de Vanesa Pérez-Sauquillo

ALFAGUARA

Capítulo UNO

Era un sábado de otoño, muy temprano, y mi hermano Wilbur y yo estábamos desayunando en la cocina.

De repente, mamá entró corriendo con el pelo despeinado y la cara con manchas de hollín. Papá llegó detrás con un libro de hechizos.

Mamá y papá tienen una empresa de productos de belleza.

Inventan cremas orgánicas para la cara, perfumes y barras de labios. Pasan mucho tiempo arriba, en el Torreón de Bruja de mamá, trabajando en nuevas lociones y pociones.

—¡Estoy segura de que tenía pétalos de flores secas de hierba de dragón por alguna parte! —dijo mamá, revolviendo la alacena de debajo del fregadero.

—Aquí dice que, en las pociones, puedes sustituir los pétalos de flores de hierba de dragón por pétalos de flores de hierba de lagarto —dijo papá—. Solo que el resultado no será tan chispeante.

—¡Pero nuestra sombra de ojos tiene que ser chispeante! —exclamó mamá—. ¡Tenemos que conseguir pétalos de flores de hierba de dragón!

Mamá empezó a tirar cosas fuera de la alacena. La cocina era un desastre, llena de botes y botellas.

—¡No hay! —gritó levantando las manos.

Entonces se dio cuenta de que Wilbur y yo estábamos sentados a la mesa, mirándola.

—¡Oh, buenos días, brujitos míos! —dijo con una sonrisa—. ¡Pensé que no estarían levantados tan pronto!

—Las explosiones me despertaron —comentó Wilbur—. ¡Eran como fuegos artificiales!

A mí también me lo pareció.

Mamá puso cara de sentirse culpable.

—Oh, vaya —dijo—. ¡Lo siento!

Papá se acercó a nosotros y se sentó también a la mesa. Parecía muy cansado.

—Mamá y yo nos dejamos llevar un poco,

experimentando con nuevas pociones desde muy temprano. Puede que haya habido unas cuantas explosiones.

—Estábamos intentando hacer la sombra de ojos perfecta del color de las bayas moradas —explicó mamá—. ¡Y queríamos terminarla lo antes posible para pasar tiempo en familia hoy!

—¡Además, hace un día maravilloso, soleado y fresco! —dijo papá mirando por la ventana. Papá es un hada, así que le encantan el sol y la naturaleza—. ¡Ideal para ir de pícnic! Puede que sea nuestra última oportunidad de hacer uno antes de que llegue el frío.

—Bueno, el día no está mal… —añadió mamá con tono quisquilloso. Mamá es una bruja y prefiere los ambientes más siniestros y misteriosos.

—¡Oooh! ¿Podemos ir de pícnic? —pregunté con ilusión.

Mamá y papá se miraron preocupados.

—No lo sé —dijo mamá.

—Tenemos que entregar la sombra de ojos mañana —añadió papá—. Creo que mamá y yo deberíamos ir volando hoy hasta el mercado de las brujas. ¡Necesitamos flores de hierba de dragón con urgencia!

—Lo siento, brujitos míos —dijo mamá—. Podríamos hacer el pícnic mañana, pues parece que el tiempo será fantástico. ¡Habrá tormenta!

Papá echó un vistazo por la ventana. Tenía cara de decepción.

Yo me sentía un poco igual. ¡Habría sido muy divertido ir de pícnic!

—Hum… —murmuró Wilbur. Removió con la cuchara su tazón de cereal de hada y dijo—: ¡Pensé que esas flores crecían en la naturaleza!

¿Por qué tienen que ir hasta el mercado para conseguirlas?

—Las flores de hierba de dragón son difíciles de encontrar en el campo —dijo mamá—. Será mucho más seguro ir a comprarlas.

Sentí que me animaba.

—¡Pero tenemos a Violeta! —exclamé acariciando a mi dragoncita morada—. Y es bien sabido que los dragones son muy muy buenos rastreando flores de hierba de dragón. ¡Podría ayudarnos!

¡Creo que encontraríamos alguna fácilmente con su ayuda!

—O incluso sin ella —dijo Wilbur, hinchando el pecho—. Yo soy muy

bueno buscando cosas. ¡Seguro que puedo encontrar una!

Enojada, pateé a Wilbur por debajo de la mesa.

—¡Aaay! —gimió Wilbur—. ¡Mamá, papá! ¡Mirabella me está atacando!

—Deja en paz tu hermano, Mirabella —dijo mamá con tono cansado.

—Por favooooor, ¿podemos ir a buscar hoy la flor de hierba de dragón? —supliqué—. ¡Podríamos ir todos juntos y así hacer un pícnic!

—Eso suena muy bien —dijo papá, levantando sus alas de hada con alegría.

Mamá suspiró.

—Bueno, está bieeen —se rindió—. Salgamos a buscar flores de hierba de

dragón. Supongo que, si no encontramos ninguna, podría ir corriendo al mercado nocturno esta noche. Prepararé un pícnic enseguida, ¿de acuerdo?

Wilbur, papá y yo nos miramos con horror. ¡Todos conocemos la idea de pícnic que tiene mamá! Sándwiches de arañas y palitos de bichos en gelatina. ¡No, gracias!

Ni Wilbur ni yo heredamos el amor de mamá por la comida brujesca. Preferimos la comida de hadas.

—Lo preparo yo —dijo papá rápidamente.

Wilbur y yo suspiramos con alivio.

Alrededor de una hora más tarde, estábamos todos delante de la puerta, listos para salir.

Yo había llenado mi mochila de todas las cosas que podría necesitar para buscar la flor de hierba de dragón: una lupa, unos binoculares y, por supuesto, mi kit de pociones de viaje.

Salimos de casa y nos echamos a volar. Mamá, Wilbur y yo íbamos en nuestras escobas, y papá revoloteaba con sus alas de hada. Me da mucha pena que Wilbur y yo no hayamos heredado las alas de hada de papá.

Era un día precioso. Debajo de nosotros, los árboles estaban comenzando a volverse de color rojo y dorado. Me sentía ligera y chispeante mientras planeábamos sobre el pueblo, y después sobre el bosque y los campos.

Pronto llegamos a un sitio con grandes colinas cubiertas de árboles. Un riachuelo atravesaba el valle entre las colinas. Parecía un brillante lazo dorado bajo la luz del sol de otoño.

—¡Es el lugar perfecto para un pícnic! —dijo papá—. ¡Muy silvestre! ¡Ojalá que encontremos aquí una flor de hierba de dragón!

—Sí —asintió mamá, y apuntó su escoba hacia abajo.

Se dirigió a una zona en sombra bajo unos árboles, justo al lado del riachuelo.

Aterricé en el suelo junto a Wilbur. Mamá extendió la mantita.

—¡Que comience el pícnic! —dije acercando la cesta.

La abrí, y dentro había un montón de cosas: sándwiches recortados con forma de estrellas, palitos de pepino y zanahoria, y un gran pastel de cereza y chocolate con crema brillante de hadas. Mamá arrugó la nariz.

—¿Dónde están los bichos en gelatina? —preguntó.

—Los puse aparte —dijo papá—. No quería que…, ejem…, que contaminaran nuestra comida. De todas formas, todavía

no es la hora de comer. ¡Cierra la cesta, Mirabella!

—¿Qué? —protesté decepcionada.

—Solo son las diez —comentó papá—. ¡Faltan por lo menos dos horas para comer!

—¡Pero, papá…! —repliqué, sintiendo que me sonaban las tripas—. ¡Tengo hambre!

—Además, tendremos más energía para encontrar las flores si comemos primero —señaló Wilbur.

—¡Sí! —exclamé—. ¡Es verdad!

No suelo estar de acuerdo con Wilbur muy a menudo…

Papá suspiró.

—Bueno, igual sí podemos comer algo —dijo.

Wilbur y yo nos abalanzamos sobre la cesta de comida. Sacamos todo lo más rápido que pudimos y lo colocamos en montones sobre los platos.

Mamá encontró su comida de bruja y le dio un mordisco a un rollito de arañas.

—¡Qué rico! —exclamé, y me recosté en la manta al terminar.

—¡Qué rico! —coincidió conmigo mamá, recostándose a mi lado y tirando de papá para que se recostara también.

Los tres levantamos la vista al cielo. Papá bostezó.

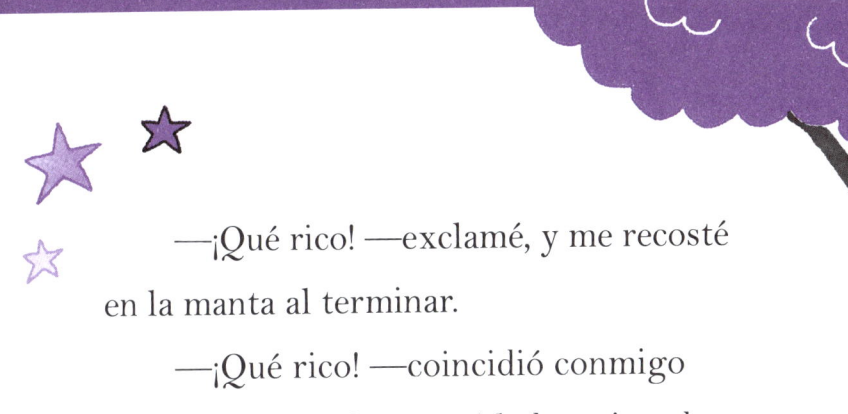

—Deberíamos ponernos a buscar la flor de hierba de dragón —comentó.

—Supongo que sí —añadió mamá bostezando y cerró los ojos.

—Bueno, mejor dentro de un minuto —dijo papá.

—Hum… —murmuró mamá.

Y luego…

Silencio.

Lo único que se oía era el murmullo del riachuelo cercano y el suave crujido de las hojas naranjas en los árboles.

Me incorporé y miré a mis papás.

¡Se habían dormido los dos!

Busqué a Wilbur.

¿Dónde estaba? No me había dado cuenta de que se había alejado de nosotros. De pronto, lo vi a lo lejos. Estaba con Violeta, MI dragona, y ambos se habían agachado para mirar de cerca unas flores.

Capítulo DOS

Sentí que me invadía la rabia, me levanté y me quité las migajas de la falda.

¡Sabía lo que Wilbur estaba tramando! ¡Quería ser el primero en encontrar una flor de hierba de dragón!

Dejé a mamá y a papá echándose una siesta, me alejé corriendo y llegué hasta donde estaba mi hermano.

—¡¡¡Wilbur!!! —grité.

—Ah, hola, Mirabella —dijo un poco avergonzado—. Se me ocurrió empezar con la búsqueda.

—¡Debiste haberme esperado! —le reproché.

—Lo siento —dijo Wilbur mientras se encogía de hombros.

Pero no parecía sentirlo.

¡Parecía que estaba escondiendo algo! ¡Y no sabía qué era!

Me enfureció.

—¡Ven aquí, Violeta! —la llamé con un gesto—. ¡Ven CONMIGO! ¡Vamos a buscar hierba de dragón por nuestra cuenta! ¡La encontraremos antes que Wilbur!

—¡Quédate CONMIGO, Violeta! —dijo Wilbur—. ¡Tengo algo para ti!

Se metió la mano en el bolsillo y sacó una galleta de chocolate envuelta en papel de aluminio.

Solté un grito ahogado.

¡A Violeta le ENCANTAN las galletas de chocolate! Me miró y después miró a Wilbur. Luego batió sus alitas moradas y fue volando hasta el hombro de mi hermano.

—¡WILBUR! —grité, dando un golpe en el suelo con el pie—. ¡Lo tenías todo planeado!

—No puedo evitar que ella vaya adonde quiera —dijo él con cara de engreído.

Me alejé de los dos dando zapatazos hasta llegar a un grupo de árboles que había cerca. La furia explotaba dentro de mí como fuegos artificiales.

«¡Está bien! Deja que Wilbur y Violeta busquen una flor de hierba de dragón por su cuenta», pensé.

¡No los necesitaba! ¡Encontraría una YO SOLA!

En un nuevo impulso de energía, avancé hacia los árboles y comencé a buscar entre el musgo.

En el suelo encontré un montón de hongos de colores y de hojas secas. Pero ninguna flor de hierba de dragón.

Me metí aún más en el bosque. Todo parecía mucho más oscuro.

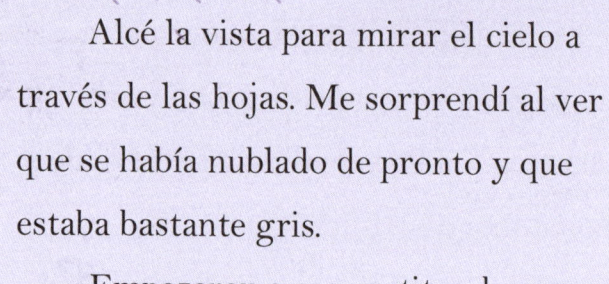

Alcé la vista para mirar el cielo a través de las hojas. Me sorprendí al ver que se había nublado de pronto y que estaba bastante gris.

Empezaron a caer gotitas de agua y se levantó el viento, silbando entre los árboles. Me entró un poquito de miedo.

¡Quizá la tormenta de la que hablaba mamá había llegado antes de lo esperado! Aun así, estaba decidida a no dejar que me impidiera encontrar la flor de hierba de dragón.

¡Tenía muchísimas ganas de encontrar una antes que Wilbur! ¡Sobre todo después de lo que me había hecho!

Seguí avanzando por el bosque.

Luego me paré y miré alrededor.

Se me aceleró el corazón.

Algo brillante y morado se asomaba detrás del tronco de un árbol.

Algo con rayos de color rosa fuerte en sus pétalos violetas.

¿Podría ser…?

¡¿En serio?!

Me eché a correr hacia allá y luego lancé un puño al aire.

—¡Síííííí!

¡Una única flor de hierba de dragón brillaba con alegría entre los árboles! Estaba recubierta de gotas de lluvia que parecían diminutos diamantes a la luz.

Era tan bonita que me sentí mal por arrancarla de su hogar silvestre.

Pero papá había dicho que estaba bien tomar solo una para la poción. Y yo sabía que él guardaría algunas de sus semillas y volvería aquí para plantarlas.

Entonces tomé la flor.

Fue como si todo desapareciera mientras la contemplaba maravillada. Estaba a punto de rodear el tallo con la mano cuando de repente…

¡CHOF!

Un pie apareció desde arriba y la pisoteó, salpicándolo todo de gotitas.

¡Reconocí aquel zapato!

¡Aquel horrible y horroroso zapato!

Levanté la vista.

—¡¡¡WILBUR!!! —grité.

Wilbur dio un gran salto hacia atrás, asustado, y Violeta batió las alas en el aire con preocupación.

—¡LO HICISTE A PROPÓSITO! —grité.

Me levanté y noté que los ojos se me llenaban de lágrimas. Bajé la mirada hacia la pobre flor pisoteada en el lodo.

¡Apachurrada!

¡Echada a perder!

¡Mamá y papá ya no podrían usarla para su poción!

—¡Ah, lo siento! —dijo Wilbur, poniéndose colorado—. ¡No la había visto!

—¡Sí la habías visto! —le grité—. ¡Sé que sí! ¡Has estado siguiéndome!

—¡No la-la-la vi! —tartamudeó Wilbur. Pero sabía que estaba mintiendo. Siempre se pone rojo cuando miente.

Me enjugué las lágrimas y sollocé.

—Lo siento mucho, Mirabella —me dijo, ahora con verdadera cara de culpa, arrastrando los pies en el suelo—. Yo… Ejem…

Lo fulminé con la mirada.

Parecía que las nubes estaban furiosas también. La lluvia empezó a caer cada vez con más fuerza, y el viento me alborotaba el pelo. De pronto, se escuchó un gran trueno y el cielo entero se iluminó con un relámpago. Violeta chilló y se echó a volar entre los árboles. Odia las tormentas.

—¡No es por ahí, Violeta! —le grité. Pero siguió volando, y su colita morada desapareció entre las hojas.

Me eché a correr detrás de ella, sin perder de vista su cola. Me abrí camino entre las hojas mojadas y las ramas, y seguí a Violeta a lo más profundo del bosque.

De repente, los árboles se abrieron en un claro. Violeta se paró en el aire y batió las alas con sorpresa.

Yo también me detuve.

Y después oí que Wilbur se paraba detrás de mí.

En medio del claro… ¡había una casa! No parecía que nadie viviera dentro, porque la puerta estaba abierta y destartalada. Toda parecía muy vieja y en ruinas.

—¡Oooh! —exclamé, olvidándome por un momento de la flor de hierba de dragón—. ¡Una casa secreta! ¡Vamos a explorarla rápidamente antes de volver con mamá y papá!

Wilbur se estremeció.

—¡Yo no voy a entrar ahí! —dijo—. Y tú tampoco deberías, Mirabella. ¡Es justo como la típica casa encantada que encontrarías en un cuento de hadas! Seguro que hay una bruja mala dentro que quiere meternos en el horno y convertirnos en galletitas de jengibre.

Me reí.

—¡Vamos, Wilbur! —exclamé—. Además, ¡soy una bruja! Traje mi kit de pociones de viaje en la mochila. ¡La

convertiría en una galletita de jengibre YO a ella!

—Sigo pensando que no deberíamos entrar —replicó Wilbur—. ¡Podría estar encantada!

Me encogí de hombros, aunque Wilbur empezaba a ponerme un poco nerviosa.

—¿Y qué? —dije—. ¡A mí no me dan miedo los fantasmas! La prima Isadora tiene en su casa un fantasma muy simpático llamado Óscar que vive en el desván, ¿recuerdas? ¡Y no da miedo!

Aun así, un escalofrío me recorrió los brazos. La casa sí parecía muy oscura, vacía y abandonada.

Empecé a pensar que quizá no era buena idea entrar.

De pronto, hubo otro trueno y un relámpago brillante y plateado. Violeta salió disparada hacia la puerta de la casa y desapareció.

—¡Mirabella! —gritó Wilbur—. ¡Tendrías que haberla sujetado cuando estaba a nuestro lado!

—¡TÚ deberías haberla sujetado! —exclamé yo.

—¡Es TU dragona! —dijo Wilbur.

—Sí, pero ¡TÚ la alejaste de mí hoy con esas galletas de chocolate! —repliqué—. ¡Así que también es responsabilidad tuya!

Ambos miramos la casa.

—Vamos a entrar corriendo muy rápidamente —propuso Wilbur—. Y la sacamos de ahí entre los dos. No tardaremos mucho.

Tomé aire profundamente.

No parecía haber otra opción…

A no ser que quisiera dejar a Violeta en medio del bosque. Sola.

¡Nunca podría hacerle eso!

¡Pobre Violeta!

—Está bien —murmuré a regañadientes.

—Vamos —dijo Wilbur.

Y caminamos juntos hacia la casa.

Capítulo TRES

Wilbur y yo nos paramos delante de la puerta y nos asomamos.

Estaba oscuro y olía a moho. Sentí unos pequeños escalofríos que me recorrían la espalda de arriba abajo.

—Tú primero, Mirabella —dijo Wilbur.

—¡No, TÚ primero! —exclamé—. ¡Tú eres el mayor!

—Tú eres la menor —replicó Wilbur.

—¡Eso no tiene ningún sentido! —grité.

Los hermanos mayores a veces pueden ser un poco desesperantes.

Pisé el umbral de la puerta. Estaba tan enojada que por un momento se me olvidó el miedo.

—¡No soy una miedosa! —le dije, y le saqué la lengua.

—¡Ni yo! —contestó siguiéndome.

El vestíbulo estaba muy oscuro, así que tomé mi pequeño kit de pociones.

Me eché en las manos un poco de polvo de amatista. Mientras lo soplaba, susurré un conjuro mágico.

¡Centellas y chispas, espanto titilante,
iluminen la casa con una luz brillante!

Inmediatamente, una llamita morada cobró vida en el aire justo encima de mis manos. No estaba caliente, pero era muy brillante, y proyectaba sombras oscuras por todas las paredes de la casa. Parecía que las cosas se movían.

—¡Hola! —dije con voz un poco temblorosa, por si había alguien.

Nada. Pero la tormenta continuaba sonando muy fuerte afuera.

—Busquemos a Violeta ya mismo —susurró Wilbur—. ¡Esto es escalofriante! ¡Y huele raro!

Abrió una ventana, que soltó un fuerte y largo chirriiiiiido. Entró un aire frío y húmedo que apagó la llama.

—¡Wilbur! —murmuré, molesta con él de nuevo—. ¡Mira lo que hiciste! ¡Ya está todo a oscuras otra vez!

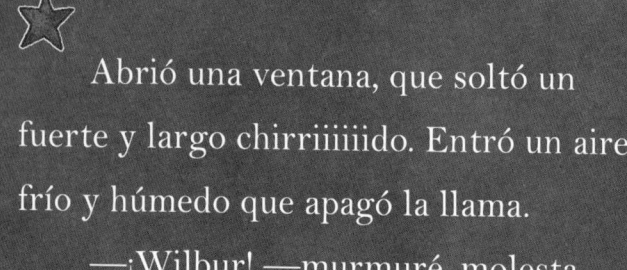

—¡No fue a propósito, de verdad! —se defendió Wilbur—. ¡Intentaba quitar este olor horrible!

—¡Lo hiciste con toda la intención! —exclamé con un bufido.

—¡No! —replicó Wilbur.

—¡Sí! —dije.

¡PLAM!

Wilbur y yo saltamos del susto.

¿Qué había sido eso?

¡Un ruido en el piso de arriba!

—Vámonos —susurró Wilbur—. ¡Hay alguien más aquí!

—Pero… ¿y Violeta? —pregunté—. ¡No podemos abandonarla! ¡A lo mejor ese ruido lo hizo ella!

En la penumbra, los ojos de Wilbur se veían grandes como platos.

—Esto no me gusta, Mirabella… —me dijo—. ¡Deberíamos ir a buscar a mamá y a papá!

—YO creo que deberíamos ser valientes y encontrar primero a Violeta —dije. No me sentía nada valiente, pero

no quería que Wilbur ganara—. Ven, vamos al piso de arriba.

—¿Al piso de arriba? —Wilbur me miró con horror.

—Voy a echar un vistazo —dije.

—¡Pues yo no me voy a quedar solo aquí abajo! —replicó Wilbur.

Sin ganas, me siguió por la gran escalera oscura, que crujía bajo nuestros pies.

Con cada pisada sentía más y más miedo, pero me obligué a seguir avanzando.

Tenía que encontrar a Violeta.

Seguro estaba asustada.

Llegué a lo alto de la escalera y caminé lentamente por el pasillo. Me asomé a una de las habitaciones.

Había un viejo clóset en la pared y una cama sin colchón. La ventana estaba abierta y se movía de un lado a otro.

Suspiré aliviada.

—¡Solo fue un golpe de la ventana, Wilbur! —dije mientras corría a cerrarla.

—¡Lo sabía! —añadió Wilbur.

—¡No, no lo sabías! —exclamé, y me aseguré de que la ventana estuviera bien cerrada.

—¡Sí lo sabía! —replicó.

Me giré.

Y grité.

—¡ARGH!

—¡¡¡¿Qué?!!! —exclamó Wilbur, dando un salto hacia atrás.

—¡Me asustaste! —grité—. ¡Estás pegado a mi cara, Wilbur! ¡No te acerques tanto a mí por detrás!

—Ah —dijo Wilbur.

Y luego se rio.

Me enojé con él más que nunca.

¿Por qué se estaba portando tan MAL hoy? Primero me quitó a Violeta… ¡y luego pisó mi flor! Después, apagó mi llama ¡y ahora estaba intentando matarme del susto! ¡Tenía que alejarme de él y salir de esa casa cuanto antes!

—Vamos a encontrar a Violeta… —dije de mal humor— ¡y a irnos de aquí!

Espolvoreé un poco más de polvo de amatista en mis manos y creé otra llama

morada. Su luz iluminaba débilmente nuestras caras.

—De acuerdo, Wilbur —dije—. Vamos a estar muy callados para oír cualquier ruido que pueda hacer Violeta.

Nos quedamos en el dormitorio muy atentos. A veces Violeta hace ruiditos con las garras en el suelo.

Pero no se oía nada parecido. Solo se escuchaba el viento.

—¡Suena fantasmal! —susurró mi hermano—. ¿Y si hubiera algún fantasma cerca que nos pudiera ayudar? Estaría bien, ¿verdad, Mirabella?

—¡Cállate! —protesté.

Pero Wilbur no me hizo caso.

—¡UuuuuuUUUuuuUUUhhh…! —continuó.

Le miré enojada.

—¡UUUuuuhhh…! —repitió.

—¿Se puede saber qué rayos estás haciendo? —le pregunté.

Pero Wilbur no respondió. Y siguió haciendo ruiditos de fantasma.

De pronto, algo dentro de mí estalló.

No podía soportar un minuto más al pesado de mi hermano.

—¡ARRRGGGHHH! —le grité levantando los brazos con frustración, y la llama morada se cayó—. ¡Ojalá DESAPARECIERAS!

Hubo una gran explosión cuando el fuego golpeó el suelo. Un montón de humo chispeante y después…

Nada.

Me quedé mirando atentamente lo que había delante de mí mientras el humo dejaba de verse.

¡¡¡Wilbur ya no estaba!!!

Capítulo CUATRO

Sentí que mi corazón latía a toda velocidad.

—¿Wilbur? —le llamé—. ¡Wilbur! ¿Dónde estás?

No hubo respuesta. Mis manos todavía tenían restos de polvo de amatista…

Me puse a temblar. ¿El hechizo de la llama había hecho desaparecer a mi hermano?

¡Yo no quería tirarla al suelo! ¡Ni tampoco quería que Wilbur desapareciera de verdad!

Bueno, en ese instante, un poquito sí.

Pero no en serio, claro.

¡Me había enojado tanto…!

—¡WILBUR! —lo llamé de nuevo—. ¡No es el momento de hacerme bromas tontas!

Nada.

Solo silencio y el aullido del viento.

Sin Wilbur, la casa daba muuucho más miedo.

—¡Oh, no! —susurré en la oscuridad. Mi corazón latía con tanta fuerza que parecía que iba a estallar.

¿QUÉ ACABABA DE HACER?

¡Había hecho que mi hermano desapareciera!

¿Habría alguna manera de traerlo de vuelta? ¡No tenía ni idea! No sabía cómo había hecho el hechizo, así que... ¿cómo iba a saber qué hechizo podría arreglarlo?

¡Vaya desastre!

¿Qué dirían mamá y papá?

¡Igual Wilbur había desaparecido para siempre! ¡Por mi culpa!

Estaba desesperada y asustadísima. Me senté en el suelo, me abracé las rodillas contra el pecho y me balanceé adelante y atrás.

—¡Ay! ¡Ayuda! —di un grito agudo—. ¡Ayuda! ¡Ayuda!

—¿Hola? —dijo una voz.

Levanté la vista con esperanza durante medio segundo.

—¿Wilbur? —pregunté, aunque no parecía su voz.

Me asusté un poco más. ¿Había alguien en la casa?

Me levanté temblando y tomé mi kit de pociones, por si lo necesitaba.

—¿Hola? —repitió.

De pronto, una figura pequeña y blanca salió del clóset como una nube.

Suspiré aliviada.

¡Era solo un fantasma! Un fantasma pequeño y dulce, con un gran moño de puntitos en su melena plateada.

—¡Oh, menos mal! —exclamé—. ¡Hola! ¿Quién eres?

—Soy Luna —dijo la fantasmita—. Los he estado observando desde que entraron a la casa. No quería que me vieran porque parecían estar un poco… enojados. Pero, ahora que estás triste, ¡pensé que podría ayudarte! Siento no haber respondido cuando tu hermano intentaba hablar conmigo.

—¿Qué? —dije—. ¿MI hermano intentó hablar contigo?

—¡Creo que sí! —respondió, y se encogió de hombros—. Ya sabes, ¡cuando hacía todos esos ruiditos! Mucha gente piensa que los fantasmas hablamos así. Que, por cierto, no es verdad. Bueno, la mayoría no lo hacemos.

—Ah —dije sintiéndome un poco mal—. Creí que Wilbur solo estaba molestándome.

—Igual solo intentaba ayudar… —comentó Luna.

—Ay, vaya —exclamé—. ¡Ahora me siento todavía peor! ¡Mi hermano desapareció! ¡Quizá para siempre! ¿Qué puedo hacer?

—Hum… —murmuró Luna—. ¡Seguro que no desapareció DE VERDAD! Podría estar escondiéndose o algo así. Es lo típico que haría MI hermano.

—¿Tú tienes un hermano? —le pregunté—. ¿Y es un fantasma también?

—Oh, sí —contestó Luna—. Vivimos juntos aquí. ¡Solo nosotros dos! Así que discutimos un montón. ¡Igual que Wilbur y tú! Pero, como llevamos tantos años atrapados en esta casa, hemos aprendido a entendernos. Solo hay que intentar ver las cosas desde el punto de vista del otro. La verdad es que ayuda mucho. ¡Deberías probarlo!

Me puse a la defensiva.

—¡Wilbur y yo no discutimos! —exclamé—. Solo…

Pero entonces me callé.

Era mentira.

Wilbur y yo SÍ discutíamos.

Discutíamos UN MONTÓN.

—También tengo que encontrar a Violeta —dije cambiando de tema—. ¿Has visto a una dragoncita morada que entró volando?

—No —respondió Luna—. Pero, si quieres, te ayudaré a encontrarlos a los dos.

—¡Me encantaría! —asentí—. ¡Gracias!

Estando con Luna, todo se veía más alegre y luminoso. Incluso parecía que la tormenta se había calmado un poco.

Fuimos juntas de habitación en habitación.

Buscamos en los clósets llenos de telarañas, en los cajones chirriantes, bajo el somier de la cama… ¡e incluso en el viejo baño! Íbamos bastante rápido porque Luna podía meter la cabeza en los clósets sin abrirlos…

¡Y eso era muy útil!

—¡Aquí no! —decía todo el rato—. ¡Aquí no!

—¡Ay, Dios! —exclamé, empezando a perder la esperanza—. ¡Wilbur no está en ningún lugar! ¡A lo mejor sí hice que desapareciera!

Luna no respondió. Se mordió el labio con cara de preocupación… ¡y me preocupó aún más!

—Es muy raro —dijo—. Creo que ya busqué en todos los escondites posibles. Igual sí que hiciste que desapareciera de verdad. ¡La magia de brujas tiene sus trucos!

Mi corazón volvió a acelerarse del susto.

Durante un rato creí que Wilbur solo se estaría escondiendo en algún lugar de la casa. ¡Pero no estaba en ninguna parte!

¡Seguro que había desaparecido!

—¡Tampoco hemos encontrado a Violeta! —sollocé, llevándome las manos a la cabeza.

Las dos nos quedamos en silencio un momento.

—¡Tengo una idea! —exclamó Luna de pronto—. ¡Busquemos afuera!

Me condujo hacia la puerta trasera de la casa y la abrió. La luz dorada del sol inundó la vieja y ruinosa cocina.

La tormenta ya había pasado.

Miré en el jardín.

El corazón me dio un vuelco.

—¡Mira! —grité.

Arrodillado entre hierbas, hojas de otoño y calabazas, y con Violeta entre las manos, ¡estaba Wilbur!

Capítulo CINCO

—¡Oh, Wilby! —grité con alivio mientras corría hacia donde estaban Violeta y él.

Cuando llegué, les di un enorme abrazo a los dos.

—¡Ah, hola, Mirabella! —dijo Wilbur con tono de sorpresa.

—¡Pensé que te había perdido para siempre! —exclamé—. ¡Creí que te había

hecho desaparecer cuando se me cayó el fuego al suelo!

Entonces me acordé de lo que había pasado y empecé a enojarme.

—¿Por qué me dejaste sola dentro de la casa terrorífica? —le pregunté.

—No fue a propósito —respondió.

—Sí lo… —iba a replicar, pero paré. Igual debía escuchar su punto de vista antes de empezar a discutir.

—Cuando el fuego explotó, salí corriendo de la habitación —me dijo Wilbur—. Iba a volver en cuanto se fuera el humo, pero… ¡me topé con un fantasma en el pasillo! ¿Lo puedes creer, Mirabella? ¡Un fantasma!

—Bueno… —empecé a decir.

—Se llama Júpiter —continuó Wilbur—. ¡Y es muy simpático! Nos pusimos a hablar… ¡y él me ayudó a encontrar a Violeta! Estaba aquí fuera, ¡escondida entre las calabazas!

Me fijé bien en el jardín. ¡Había verduras, hongos y matas de hierbas medicinales por todas partes! Las calabazas eran el escondite perfecto para Violeta.

Wilbur parecía un poco avergonzado.

—Siento haber pisoteado tu flor de hierba de dragón, Mirabella —dijo—. Es cierto que lo hice a propósito, y después me sentí fatal. ¡Quería ser el primero que encontrara una! Pero estuvo mal.

Noté que se me iluminaba el corazón. Wilbur no me suele pedir perdón, y me di cuenta de que se sentía mal. De pronto, ya no me importaba tanto la flor de hierba de dragón.

—Pero no pretendía apagar tu llama ni asustarte con la ventana —continuó Wilbur—. Cuando hice los ruidos de fantasma… ¡solo intentaba ayudar!

—No te preocupes, Wilbur. Yo también siento haber dicho que quería que

desaparecieras —respondí amablemente—. Bueno, no todo el rato —añadí en voz baja.

—¡Eh! —gritó Wilbur, dándome un codazo cariñoso.

Nos echamos a reír.

Me gustó reírme con mi hermano. ¡Y más ahora que habíamos encontrado a Violeta y el sol brillaba otra vez!

—¡Oh, mira! —dijo Wilbur de pronto—. ¡Ahí está Júpiter!

Señaló al otro lado del jardín a una figura plateada que flotaba sobre las flores y nos miraba.

Llevaba unas tijeras de podar en sus manos brillantes. Lo saludé y me saludó.

Luego dejó las tijeras y se dirigió hacia nosotros. Entonces, otra figura plateada asomó la cabeza por la puerta trasera. ¡Era Luna! Salió de la casa y llegó volando sobre las flores.

—¡Vaya! Debe de ser la hermana de Júpiter —dijo Wilbur—. Me contó que tiene una.

—Sí, lo es —comenté—. Es mi nueva amiga.

—¿Así que tú también encontraste a un fantasma? —me preguntó Wilbur.

Parecía decepcionado.

—Sí —respondí yo, intentando no hacerme la engreída. No tenía ningún sentido empezar otra discusión.

Nos juntamos todos en medio del jardín.

—Es muy bonito —dije.

—Sí —coincidió mi hermano.

—¡A los dos nos encanta la jardinería! —dijo Júpiter.

—No es que haya mucho más que hacer aquí… —añadió Luna—. Tenemos mucho tiempo y no recibimos demasiadas visitas.

Me dio un poco de pena.

—¡Nosotros volveremos a visitarlos! —les dije—. ¡Y les presentaré a nuestros papás! A papá le encantará su jardín. Es un hada…, ¡así que le gusta todo lo que tenga que ver con la naturaleza!

—A mamá también le gustará mucho —intervino Wilbur—. ¡Parece que está lleno de plantas mágicas de bruja!

—¡Oh, sí! —exclamó Luna.

—Por casualidad no tendrán flores de hierba de dragón, ¿verdad? —pregunté con esperanza—. Toda esta aventura empezó porque estábamos buscando una.

—¡Pues sí! —respondió Luna—. De hecho… ¡hemos cultivado toda una zona con esas flores! ¿Quieren verlas?

Wilbur y yo nos miramos con gran entusiasmo.

—¡Sí, por favor! —dijimos a la vez.

Luna y Júpiter nos llevaron por un pequeño sendero de hierba entre flores silvestres.

Atravesamos un arco de hojas y fuimos hasta el final del jardín, donde había una valla de madera destartalada.

—¡Aquí! —dijo Luna señalándolas.

Delante de la valla vimos una zona llena de preciosas flores moradas de hierba de dragón, con dibujos de rayos de color rosa fuerte en los pétalos.

Violeta se abalanzó hacia ellas y metió el hociquito en las flores.

—¡Oh, guau! —exclamé.

—Increíble —dijo Wilbur.

Miramos a nuestros nuevos amigos.

—¿Hay alguna posibilidad de que podamos llevarnos una a casa? —les pregunté—. Es para una poción.

—¡Por supuesto! —contestó Júpiter con una gran sonrisa—. ¡Nos encantaría ayudarles!

Y se fue volando a buscar sus tijeras de podar.

—Pero guarden bien algunas semillas y plántenlas en otra parte —indicó entonces Luna—. De ese modo, compensarán a la naturaleza por esa bonita flor que le quitaron.

«Bueno, por las DOS que le quitamos», pensé para mis adentros, cuando me acordé de esa pobre flor que Wilbur aplastó antes.

Pero me esforcé por no decir nada. Solo serviría para empezar una discusión. Y Wilbur ya me había pedido perdón.

Júpiter volvió con las tijeras, cortó una de las flores y nos la dio.

—¡Gracias! —le dije—. ¡Muchísimas gracias!

Luna y Júpiter parecían contentos.

—Ojalá pudiéramos quedarnos más —comenté—, pero deberíamos regresar cuanto antes con nuestros papás. Seguro que se están preguntando dónde estamos. ¡Aunque volveremos a visitarlos pronto!

—¡Eso sería fantástico! —dijo Luna sonriendo.

Sin pensarlo, intenté darle un abrazo, pero… ¡mis brazos la atravesaron!

Era como una especie de niebla fría, y un escalofrío me recorrió la espalda.

—¡Ups! —exclamé.

—¡No te preocupes! —dijo Luna entre risas.

Capítulo SEIS

Wilbur y yo nos alejamos de la casa. Nos despedimos de nuestros nuevos amigos y atravesamos de nuevo el bosque con Violeta revoloteando a nuestro lado.

Ahora que el sol había salido otra vez, todo daba menos miedo, y la hierba estaba llena de gotitas de lluvia brillantes que parecían pequeñas joyas.

—¡Aquí están! —dijo mamá cuando salimos del bosque, y corrió muy rápido hacia nosotros—. ¡Estábamos empezando a preocuparnos!

—Creímos que se habían refugiado de la tormenta en alguna parte, no muy lejos

de aquí —añadió papá—. ¡Mamá y yo estábamos durmiendo tan contentos en la mantita de pícnic cuando de pronto nos despertamos completamente empapados!

—¡Empapadísimos! —exclamó mamá mientras escurría el agua de su vestido.

—Estábamos en el bosque —les expliqué.

—¡Hay una casa increíble ahí dentro! —exclamó Wilbur.

—¡Con dos fantasmitas! —añadí—. Nos hicimos sus amigos. ¡Y les encantaría conocerlos!

—¿Ah, sí? —preguntó mamá—. A mí también, pero antes de hacer cualquier cosa debemos encontrar una flor de hierba de dragón. Al final, vamos a tener el tiempo encima. No contábamos con dormirnos… ¡Hay que ponernos a buscar ya!

Parecía un poco agobiada. Wilbur y yo nos sonreímos el uno al otro.

Entonces saqué la flor de detrás de mi espalda y se la enseñé.

—No tienes que preocuparte por nada, mamá —dije—. ¡Les conseguimos una!

—¿En serio?

Mamá y papá contemplaron con fascinación la flor de hierba de dragón que yo tenía en la mano.

Los luminosos pétalos morados se reflejaban en sus ojos.

—¡Oh! Pero… ¡qué maravilla! —exclamó mamá.

—¡Es fantástico! —dijo aliviado papá—. ¡Vamos a poder terminar nuestra poción esta misma noche!

Tomó la flor y la sostuvo delicadamente entre sus manos.

—Esto significa que… ¡podemos quedarnos aquí y RELAJARNOS el resto del día! —añadió mamá—. Haré un hechizo para que se seque la mantita de pícnic.

—¡Yujuuu! —gritó Wilbur—. ¡Yo quiero comer más!

—A mí me gustaría nadar en el riachuelo —dijo papá, y mamá sonrió.

—Tenemos tiempo para hacer todo eso y a lo mejor, más tarde, podemos ir al bosquecillo y conocer a sus nuevos amigos —comentó contenta.

—¡Sí! —grité—. ¡Seguro que les encantará!

—Sí —asintió Wilbur—. YO fui quien los descubrí, ¿saben?

Fruncí el ceño.

—No fuiste tú —repliqué—. YO encontré a Luna.

—Pero ¡yo encontré a Júpiter antes! —exclamó él.

—¡Fueron solo unos minutos! —dije empezando a enojarme—. Y…

Pero paré y cerré los ojos. Y tomé aire profundamente como lo hace mamá a veces cuando Wilbur y yo discutimos.

Entonces recordé lo que había dicho Luna sobre tomarse el tiempo para pensar en el punto de vista de la otra persona.

Técnicamente, Wilbur había encontrado primero a Júpiter, y parecía que estaba dispuesto a ponerse pesado con el tema…

Abrí los ojos y, con mucho esfuerzo, le sonreí con dulzura a mi hermano.

—Está bien, Wilbur —dije—. Es verdad. Hoy tú encontraste a un fantasma antes que yo.

Wilbur se quedó en shock, con la boca abierta.

Mamá me puso la mano en el hombro.

—Bien hecho, Mirabella —dijo bastante sorprendida—. ¡Reaccionaste con mucha madurez!

Conseguí evitar que me saliera una sonrisa presumida en los labios.

—Bueno, estoy intentando portarme un poco mejor con él —dije.

Wilbur frunció el ceño. Parecía algo molesto.

—Bueno… —repitió—. YO estoy intentando portarme mejor con mi hermana.

Violeta nos miró a los dos y soltó un bufido con incredulidad.

—¡Qué maravilla! —dijo papá con cara de felicidad.

—Sí —dijo mamá levantando una de sus cejas negras.

Wilbur y yo seguimos a nuestros papás hasta la mantita de pícnic. Mientras caminábamos, Wilbur me dio un codazo.

—YO voy a ser el más bueno de los dos —murmuró.

—YO voy a ser la más buena —susurré.

—No, YO —dijo Wilbur.

—No, YO —repliqué.

—Yo.

—Yo.

—Yo.

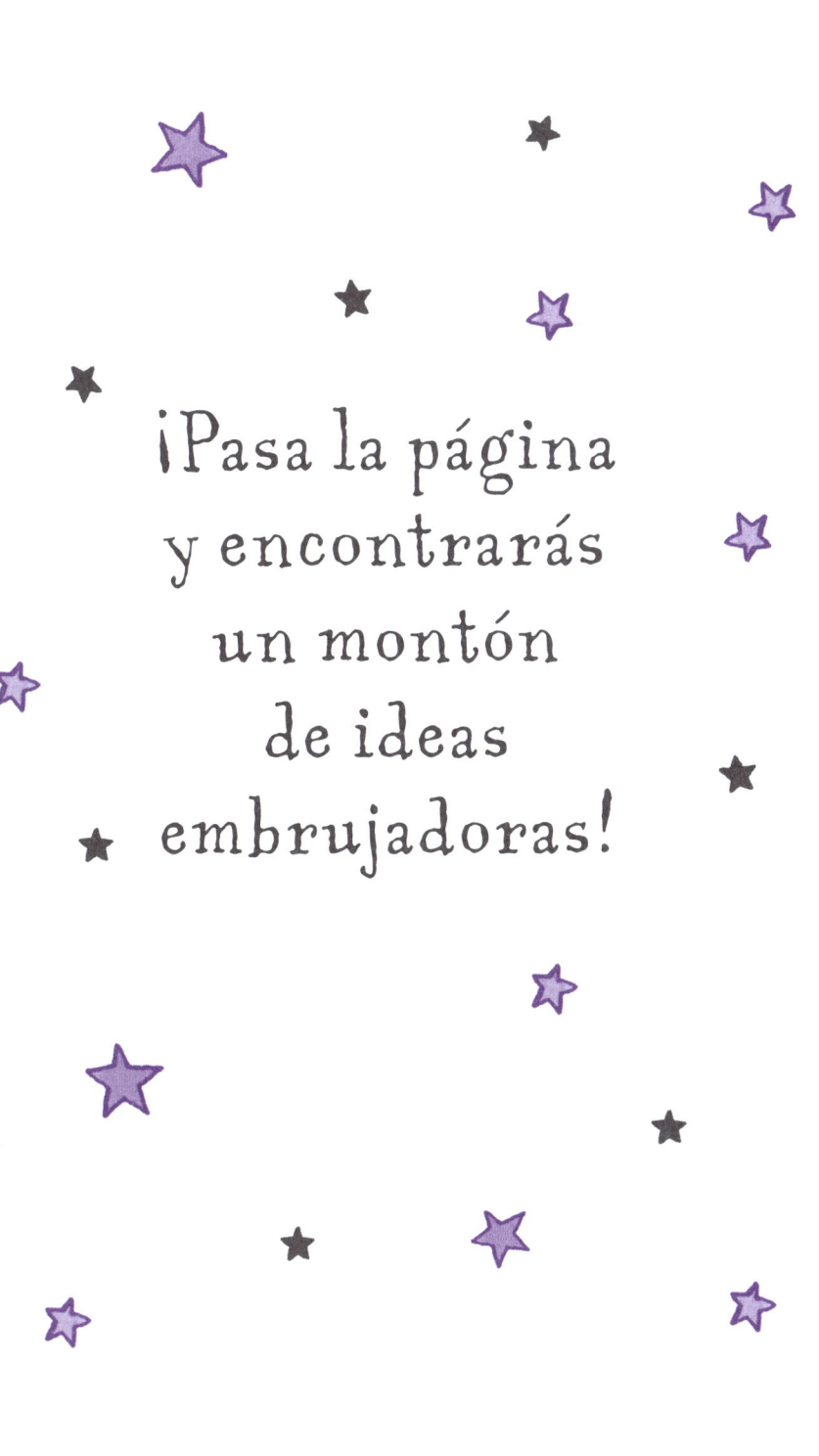

¡Haz tu propia casa encantada!

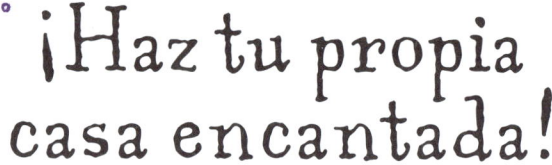

Los fantasmas Luna y Júpiter viven en una escalofriante casa encantada. ¡Y ahora tú puedes hacer la tuya!

Necesitarás:

- ★ Cajas de cartón (por ejemplo, cajas de cereal, de zapatos…)
- ★ Cartones o cartulinas
- ★ Tubos de cartón de papel higiénico u otros tubos de cartón que tengas en casa
- ★ Pinturas o plumones
- ★ Pegamento de manualidades o pegamento blanco
- ★ Pegamento en barra
- ★ Cinta adhesiva o plástico de embalaje
- ★ Unas tijeras
- ★ Un ayudante adulto

¿Cómo se hace?

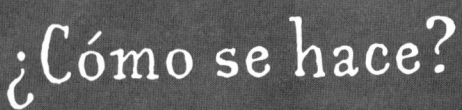

1. Antes de nada, haz un plano. ¿Qué tipo de casa encantada quieres construir? Dibuja un boceto o haz una lista de las habitaciones que tendrá.

2. Consigue los materiales. Toma las cajas de cereal o de zapatos, tubos de papel higiénico y otros objetos para manualidades que puedas necesitar.

3. Construye la estructura. Utiliza las cajas de cartón para crear las paredes de la casa encantada y sujétalas entre sí con pegamento o cinta adhesiva. También puedes hacer unas torres con los tubos de cartón.

4. Con la ayuda de un adulto, recorta las ventanas y puertas. Si no, en lugar de recortarlas, también puedes pintarlas.

5. Decora el exterior de tu casa encantada con pinturas o plumones.

6. Cuando el exterior esté seco, ¡pasa al interior! Colorea las paredes y añade decoraciones terroríficas.

7. Si tienes muebles de casita de muñecas, puedes colocarlos dentro. ¡O puedes crearlos o dibujarlos como más te guste!

¡Haz tu propio fantasma!

Este simpático fantasmita se mueve con el viento. Si haces muchos, ¡serán una fantástica decoración para Halloween!

Necesitarás:

- Papel blanco
- Tubos de cartón de papel higiénico
- Pegamento
- Una perforadora o troqueladora
- Unas tijeras
- Lazos o tiras de papel crepé
- Una cuerda
- Una pluma negra o pintura
- Ojitos adhesivos (opcional)
- Un ayudante adulto

¿Cómo se hace?

1. Enrolla el papel blanco alrededor del tubo de papel higiénico y pégalo con pegamento.

2. Dibuja una cara de fantasma utilizando pluma negra o pintura. ¡Puedes ponerle ojitos adhesivos para darle a tu fantasma más personalidad! ¿Será terrorífico o simpático?

3. Usa la perforadora para hacer agujeros alrededor de la base del tubo.

4. Pasa un lazo por uno de los agujeros y haz un nudo al final para que no se suelte.

5. Repite hasta que lo hayas hecho alrededor de toda la base.

6. Otra opción es cortar tiras de papel crepé y pegarlas en la base del tubo.

7. Usa la perforadora para hacer un agujero a cada lado de la parte superior del tubo.

8. Pasa la cuerda a través de ellos y luego ata los extremos con un nudo.

9. Puedes hacer todos los que quieras. ¡Incluso con diferentes caras!

10. Cuelga tus fantasmitas en un árbol o sobre una puerta y… ¡mira cómo se mueven con el viento!

Galletas de estrellas

¡Aprende a preparar unas riquísimas galletas de fantasmas!

Ingredientes

Para las galletas:

★ 100 g de mantequilla sin sal, ablandada a temperatura ambiente
★ 100 g de azúcar glas
★ 1 huevo batido con suavidad
★ 1 cucharadita de extracto de vainilla
★ 275 g de harina

Para la decoración:

★ 400 g de azúcar glas
★ 3 o 4 cucharadas de agua
★ 2 o 3 gotas de colorante alimenticio
★ Diamantina comestible

Necesitarás:

- Una bandeja de horno
- Papel para hornear
- Un tazón para mezclar los ingredientes
- Una cuchara de madera
- Un tenedor
- Una coladera de cocina
- Un rodillo
- Cortapastas con forma de fantasma
- Una rejilla de horno
- Un cuchillo
- Un ayudante adulto

¿Cómo se hacen?

1. Precalienta el horno a 190 grados.

2. Cubre la bandeja del horno con papel para hornear.

3. Echa la mantequilla y el azúcar en un tazón y remuévelos hasta que quede una crema blanquecina, ligera y esponjosa.

4. Bate el huevo.

5. Añade el huevo batido y el extracto de vainilla poco a poco hasta que estén bien mezclados.

6. Tamiza la harina con la coladera, échala en el tazón y remuévelo todo hasta que quede una masa uniforme.

7. Espolvorea un poco de harina en la superficie limpia donde vas a trabajar.

8. Alisa la masa con el rodillo hasta que tenga un grosor de 1 cm.

9. Haz formas de fantasmas con los cortapastas y colócalos cuidadosamente en la bandeja del horno.

10. Junta los trozos sobrantes y repite los pasos 8 y 9 hasta que ya no te quede nada de masa.

11. Hornéalas durante 8-10 minutos o hasta que estén doradas.

12. Déjalas a un lado para que se endurezcan durante 5 minutos y después pásalas a una rejilla para que se enfríen completamente.

Para hacer el glaseado:

13. Tamiza el azúcar glas sobre un tazón grande y vierte agua suficiente para que al removerlo resulte una crema suave.

14. Echa el colorante alimenticio gota a gota (¡con muy poquito basta!) y remuévelo.

15. Extiende cuidadosamente el glaseado sobre las galletas usando un cuchillo.

16. Espolvorea la diamantina comestible.

17. Déjalo reposar hasta que se endurezca el glaseado.

18. ¡Disfrútalas!

¡Haz un fantasma con tu huella!

¡Diviértete haciendo el retrato de un fantasma con tus pies! Puede manchar mucho, así que acuérdate de poner papel en el suelo para protegerlo o de hacerlo fuera de casa.

Necesitarás:

- Una gran lámina de papel negro o de colores
- Pintura lavable blanca
- Una esponja o un pincel
- Plumones
- Agua y un rollo de papel de cocina o una toalla para limpiarte después los pies
- Un ayudante adulto

¿Cómo se hace?

1. Pon el papel en el suelo. ¡Ten mucho cuidado para que no se te vuele!

2. Con la pintura lavable, píntate la planta de un pie con la esponja o el pincel.

3. Pisa el papel. Luego levanta el pie con cuidado. Pídele a un adulto que te ayude a mantener el equilibrio.

4. ¡Límpiate bien el pie!

5. Espera a que tu huella se seque.

6. Cuando se haya secado, ¡toma los plumones y saca tu lado artístico! Dibújale una cara, un moño como el de Luna o cualquier cosa se te ocurra que pueda necesitar un fantasma.

¡Haz tus propios binoculares!

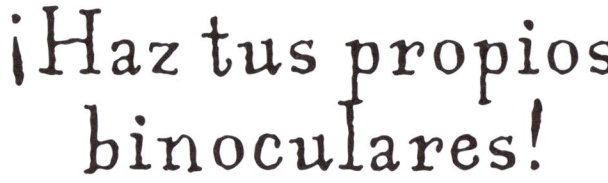

Mirabella toma sus binoculares para buscar la flor de hierba de dragón. Y ahora tú puedes aprender a hacerte unos para tus paseos por la naturaleza.

Necesitarás:

- Dos tubos de cartón de papel higiénico
- Pegamento blanco
- Cinta adhesiva
- Papel
- Una perforadora o troqueladora
- Una cuerda o un lazo
- Materiales para decorarlo a tu gusto: plumones, pinturas, crayones, stickers, papel para envolver…
- Unas tijeras
- Un ayudante adulto

¿Cómo se hacen?

1. Pon los dos tubos de cartón uno al lado de otro y júntalos con pegamento. Deja que se seque bien. También puedes pegarlos con cinta adhesiva.

2. Toma el papel y envuelve los tubos con él, sujetándolo al final con pegamento.

3. ¡Ahora empieza la decoración! Puedes usar plumones, pinturas, stickers, papel para envolver… ¡Lo que tú quieras! ¿Por qué no dibujas estrellas moradas o negras? ¡Ideales para Mirabella!

4. Ahora ponles una correa para que puedas llevarlos colgados del cuello. Pídele a un adulto que te haga un agujero con la perforadora en el borde exterior de cada tubo justo bajo la parte de arriba.

5. Mide la cuerda o el lazo para que los binoculares queden a la altura que quieras.

6. Pasa la cuerda o el lazo por uno de los agujeros y haz un nudo.

7. Repítelo con el otro extremo.

8. ¡Llegó la hora de explorar! ¿Qué flores bonitas encontrarás en tu búsqueda?

Un paseo por la naturaleza...

Ahora que tienes los binoculares preparados para tu búsqueda de flores, ¿por qué no intentas descubrir también otras cosas?

Arañas

Hojas

Hongos

¿De qué personaje de esta historia te disfrazarías en Halloween?

¡Haz el test para descubrirlo!

1. ¿Qué actividad de Halloween es tu favorita?

   A. Pedir dulce o truco con mis amigos.

   B. Decorar calabazas.

   C. Ver películas de miedo y contar historias de fantasmas.

2. ¿Cuál es tu dulce favorito de Halloween?

   A. Las gomitas.

   B. Los dulces con chile.

   C. Los chocolates.

3. ¿Qué disfraz de Halloween te gusta más?

   A. Uno de brujo o de bruja.

   B. Uno de dragón.

   C. Uno de fantasma.

Resultados

Mayoría de respuestas A:

¡Deberías vestirte de Mirabella! ¡Te encanta divertirte con tus amigos y te gusta vivir nuevas aventuras!

Mayoría de respuestas B:

¡Deberías vestirte de la dragoncita Violeta! ¡Desbordas creatividad y energía!

Mayoría de respuestas C:

¡Deberías vestirte como la fantasma Luna! Disfrutas asustando y tienes un lado un poquito travieso.

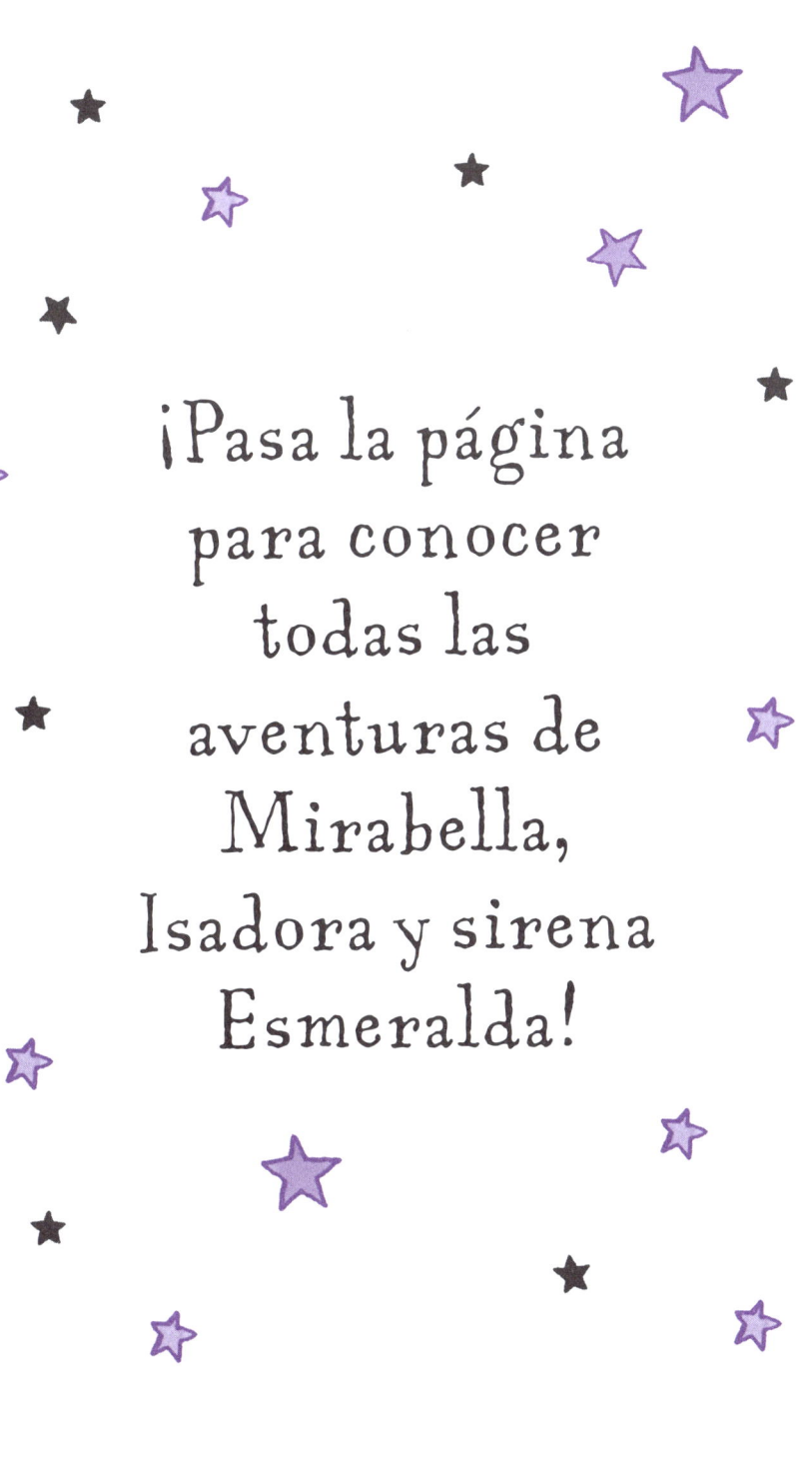

¡Pasa la página para conocer todas las aventuras de Mirabella, Isadora y sirena Esmeralda!

¿Ya leíste todas las aventuras de Mirabella?

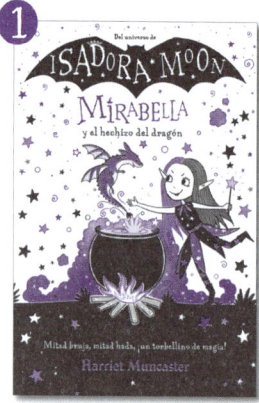 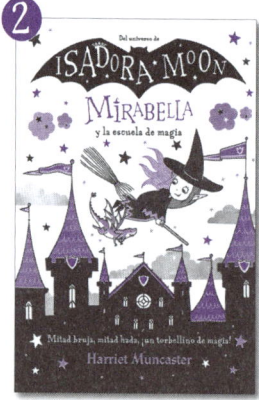

SÍ ▢ NO ▢   SÍ ▢ NO ▢

 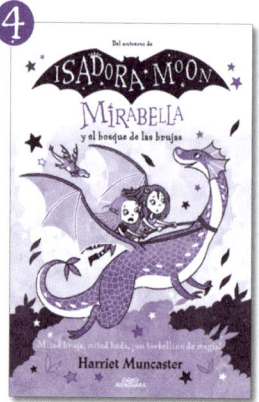

SÍ ▢ NO ▢   SÍ ▢ NO ▢

¿Ya leíste todas las aventuras de Isadora Moon?

SÍ ☐ NO ☐   SÍ ☐ NO ☐   SÍ ☐ NO ☐

SÍ ☐ NO ☐

SÍ ☐ NO ☐

SÍ ☐ NO ☐

SÍ ☐ NO ☐

SÍ ☐ NO ☐

SÍ ☐ NO ☐

Libros de actividades y manualidades

Grandes historias de Isadora Moon

¡Descubre las aventuras
de la princesa más rebelde del mar!

Harriet Muncaster

Harriet Muncaster: ¡esa soy yo!
Soy la autora e ilustradora de los libros
de Isadora Moon, Mirabella y Esmeralda.
¡Sí, en serio! Me encanta todo lo pequeñito,
todo lo que tenga estrellas y cualquier
cosa que brille.

Esta obra se terminó de imprimir
en el mes de marzo de 2025,
en los talleres de Diversidad Gráfica S.A. de C.V.
Ciudad de México